CONTENTS

SCHÖNEN FEIER-ABEND.
DANKE, EBENSO.
HOME CEN
VNNN
BIST DU NEGISHI?
HAST DU KURZ ZEIT, UM MIT UNS ZU SPRE-CHEN?

KAPITEL 11
»MOBBINGOPFER«

AM TAG ZUVOR.

EIN KLASSENKAMERAD?

... OB ER NICHT VIELLEICHT EINEN KLASSENKAMERADEN KENNT, DER WIE AIZAWA AN DER KAYAMA-MITTELSCHULE WAR. ICH DACHTE, DAS WÄRE NICHT GANZ ABWEGIG...

JA.

ALS ICH NEULICH MEHR ÜBER AIZAWA RAUSFINDEN WOLLTE, HAB ICH MEINEN BRUDER GEFRAGT...

NACH EINER WEILE IST IHM JEMAND EINGEFALLEN.

ER MEINTE SICH ZU ERINNERN, DASS DER BETREFFENDE DAMALS OFT GEHÄNSELT WURDE.

... GAR NICHT SO WEIT ENTFERNT IST.

... WEIL DIE SCHULE VON DER OBERSCHULE MEINES BRUDERS NÄMLICH...

IST DOCH WAHR! WIR FRAGEN IHN GERADE NACH ETWAS, WORAN ER SICH NICHT MEHR ERINNERN WILL.

HEY, SHIORI!

DA KANN ICH IHM DOCH WENIGSTENS SAGEN, DASS ES MIR GERADE ÄHNLICH GEHT...

ABER EINE SACHE HABEN WIR BEIDE GEMEINSAM...

KLAR...

WAS HAT DAS MIT MIR ZU TUN?

DU WIRST AUCH GEMOBBT? NA UND?

UNSEREN KLASSENLEHRER...

... WEIL WIR MEHR ÜBER IHN ERFAHREN WOLLEN.

WIR SIND HIER...

JA.

...

WIR WISSEN NICHT, WOZU, ABER AIZAWA MUSS SIE AUF IHREM HANDY INSTALLIERT HABEN.

EINE VERFOLGUNGS-APP MIT GPS.

WIR HABEN NEULICH EINE VERDÄCHTIGE APP AUF IHREM HANDY GEFUNDEN...

... SCHEINT ER SICH AUF DIE SEITE DER TÄTER ZU SCHLAGEN.

ANSTATT SIE ALS KLAS-SENLEHRER IN SCHUTZ ZU NEHMEN...

Hah!

Hah!

BITTE SAG ES UNS, WENN DU IRGENDWAS ÜBER IHN WEISST!

WIE WAR DAS DAMALS BEI DIR, ALS ER DEIN KLAS-SENLEHRER WAR?

Du bist so eklig!

Verreck!!

ICH HAB EUCH NICHTS ZU SAGEN.

VOR ALLEM NICHT MEHR ÜBER DIESEN LEHRER!

ICH VERSUCHE NUR, NICHT MEHR ÜBER DIE VERGANGENHEIT NACHZUDENKEN...

... OHNE DABEI AN DEINE GEFÜHLE ZU DENKEN!

TUT MIR LEID...

... DASS ICH DICH SO RÜCKSICHTSLOS MIT FRAGEN GELÖCHERT HABE...

...

ICH GEHE ARBEITEN UND NEHME AM LEBEN TEIL.

ES IST ZWAR HART, ABER ES GEHT IRGENDWIE.

SKRASCH

ICH VERSUCHE, NACH VORN ZU BLICKEN.

VOR ALLEM, WENN ICH DARAN DENKE, WIE SCHLECHT ES DEN MOBBERN VON DAMALS JETZT GEHT!

DIE TÄTER WURDEN ÖFFENTLICH BLOSSGESTELLT.

IHRE NAMEN, ADRESSEN, SOGAR DIE FIRMEN, BEI DENEN IHRE ELTERN ARBEITETEN.

...

SORRY, DASS WIR HERGEKOMMEN SIND.

WIR WERDEN DICH NICHT MEHR BELÄSTIGEN, VERSPROCHEN.

VERBEUG
ペこっ

... ABER SHIORI SUZUKI AUS DER 10-E...

FRAU YAZAKI...

... WIRD GEMOBBT.

... UND ES FÄLLT MIR NICHT LEICHT, DAS ZU SAGEN...

ICH BIN ZWAR FÜR EINE ANDERE KLASSE ZU-STÄNDIG...

ANWESENHEITSLISTE

10-E

LEHRERZIMMER

DU LIEBE ZEIT!

RA H!!

GEMOBBT ?!

UN ワッ

STIMMT DAS, HERR AIZAWA?!

NICHT DASS ICH WÜSSTE.

ICH DACHTE, DAS WAR NUR BLÖDELEI...

MEINEN SIE DEN VOR-FALL BEI DER KLASSENFAHRT NEULICH?

...

DIE SACHE HATTE ICH EIGENTLICH ALS ERLEDIGT BETRACHTET.

DIE SCHÜLE-RINNEN HABEN EINGESEHEN, DASS SIE ES ZU WILD GETRIEBEN HABEN.

J...JA.

ODER, HERR KANEDA?

KOMMEN SIE...

WIR DÜRFEN DAS NICHT IGNORIEREN, SONST...

FRAU YAZAKI.

ES GAB DOCH SCHON LANGE DAVOR KLARE AN-ZEICHEN FÜR MOBBING!

WERDEN SIE NICHT SO EMO-TIONAL.

HABEN SIE DENN...

... IRGEND-WELCHE HANDFESTEN BEWEISE FÜR IHRE BEHAUP-TUNG?

DAS IST FÜR DIE SCHÜLER GERADE EINE AUFREIBENDE ZEIT, DA LÄUFT NICHT IMMER ALLES RUND.

ICH BIN MIR SICHER, SIE HABEN DAS NUR ETWAS ÜBERINTER- PRETIERT.

SIE HA- BEN GUT REDEN!

SHIORI KÖNNTE ...

SACHTE!

DAS IST DOCH SICHER KEIN MOBBING, SONDERN NUR FREUNDLICHES PIESACKEN!

SOWEIT ICH DAS BEURTEI- LEN KANN, SCHEINT SICH SHIORI SUZUKI...

... DOCH GANZ GUT MIT IHREN KAMERA- DINNEN ZU VERSTEHEN, ODER ETWA NICHT?

... LIEBER AUF IHRE EIGENE KLASSE KONZENTRIEREN!

SIE SOLLTEN SICH...

FRAU YAZAKI...

DA GIBT ES EINIGE AUFFÄLLIGE SCHÜLER...

... DIE IM UNTERRICHT EINFACH AUFSTEHEN UND SICH SCHLECHT BENEHMEN.

ガタッ
FWOMM

...

SIE MEINEN DIESE EINE GRUPPE, ODER?

IN DER 10-A SCHLAGEN VIELE ÜBER DIE STRÄNGE.

DA HAT ER RECHT.

NÖ.

WIE COOL! DAS WAR BESTIMMT TEUER, ODER?

WOW, KRASS!

DAS IST DAS NEUESTE MODELL!

ICH HAB'S FÜR WENIG GELD VON EINEM BEKANNTEN BEKOMMEN.

LEIDER JA.

WAS AIZAWA ANGEHT, SIND WIR GENAUSO SCHLAU WIE ZUVOR.

... NAGUMO SICH WEGEN DER DA EIN NEUES HANDY KAUFEN MUSSTE?

SKRASCH

MANAKA! WUSSTEST DU, DASS...

...

JETZT HÖRT ABER MAL AUF!

DAFÜR WIRST DU JA WOHL AUFKOMMEN, ODER?

S... Super-nervig...

DAS KONNTE ICH SCHON DAMALS IN DER BASKET-BALL-AG NICHT AUSSTEHEN!!

ZAPAMM

WIE ICH DEIN SCHEISS-LACHEN HASSE!

VORLÄUFIGE BEKANNTMACHUNG

SHINJI SUZUKI

HIER IST DER VORLÄUFIGE BESCHLUSS.

ru Bank

Bank

ズ FWPP...

ES IST SO WEIT...

DIE HAUPTFILIALE! UND DANN AUCH NOCH DIE ERSTE VERKAUFSABTEILUNG...

DIE BEFÖRDERUNG, AUF DIE ICH SO LANGE GEWARTET HABE!

DU WIRST ZUR HAUPTFILIALE VERSETZT.

ALS LEITER DER ERSTEN VERKAUFSABTEILUNG.

DIREKTOR WÄRE AUCH NICHT ZU HOCH GEGRIFFEN!

ACH...

PERFEKT! MIR GEFÄLLT DAS TEMPO...

WENN ICH SO WEITERMACHE, SITZE ICH SCHON BALD IM VOR-STAND.

SUZUKI...

ABER...

... VERDANKE ICH NICHT ZULETZT AUCH DEINEN LEISTUNGEN ALS STELLVERTRETEN-DER FILIALLEITER.

DASS ICH ZUM LEITER DER BESTEN FILIALE GEMACHT WURDE...

DEINE BE-FÖRDERUNG WAR NUR EINE FRAGE DER ZEIT.

DEINE OFFIZIELLE VERSETZUNG WIRD NOCH EINEN MONAT DAUERN.

... MANCHE MENSCHEN NEIGEN IN SOLCHEN FÄLLEN ZUM ÜBERMUT.

LEISTE DIR BIS DAHIN KEINEN FEHLER, SONST WIRD DARAUS NICHTS!

DU MUSST JETZT SEHR VORSICHTIG SEIN.

HA! HA! HA! HA!

ABER IN DEINEM FALL MUSS ICH MIR DA JA KEINE SORGEN MA-CHEN, ODER?

VOR ALLEM WAS DEIN VER-HALTEN FRAUEN GEGENÜBER ANGEHT.

NEIN...

ICH MUSS DAS SCHLEUNIGST BEENDEN!!

GRINS

FÜR MICH GIBT ES KEINE ANDERE ALS MEINE FRAU!

ICH MUSS ALLE RISIKO-FAKTOREN BESEITIGEN!

WIPP

KEINE AHNUNG, WARUM...

... ABER DIE SPINNT IN LETZTER ZEIT TOTAL!

ICH ERFINDE IRGENDWAS, DAMIT SIE DIE NACHRICHTEN LÖSCHT...

BIEP

BIEP

ZUERST MÜSSEN ALLE NACHRICH-TEN VON MIR AUF IHREM HANDY VERSCHWINDEN!

< ERI YAZAKI

HALLO.
KOMMT ETWAS KURZFRISTIG, ABER KÖNNEN WIR UNS MORGEN SEHEN? ES GIBT WAS WICHTIGES ZU BEREDEN.

あ か さ
た な は
ま や
カナ ゛ わ ？！

DENN.
OHNE BE-
WEISE.

...KANN ICH SIE
ALS VERRÜCKTE
STALKERIN ABTUN,
DIE SICH IRGEND-
WAS ZUSAMMEN-
FANTASIERT.

...WIRD
MAN MIR
GLAUBEN,
NICHT IHR.

WENN SIE
PROBLEME
MACHT...

ICH GEHE
ZU EINEM
KUNDEN.

NACH
IKEBU-
KURO.

ICH VERSTEHE
MICH GUT MIT
MEINEN VORGE-
SETZTEN UND BIN
MEINEN UNTERGE-
BENEN EIN GUTER
CHEF.

SELBST
MIT MEINER
TOCHTER HABE
ICH EIN VER-
TRAUENSVOLLES
VERHÄLTNIS. MIR
KANN NIEMAND
ETWAS VOR-
WERFEN.

ICH
WUSSTE
EINFACH
SCHON
IMMER...

... WIE MAN DAS LEBEN ZU SEINEM VORTEIL LEBT!

KANNST DU MICH HÖREN?

ヴ キ VROOOM

JA...

LAUT UND DEUTLICH, MUTTER.

NA JA...

WAS MACHT DIE ARBEIT?

ABER ICH WILL DA SO-WIESO NICHT MEHR LANGE ARBEITEN.

GERA-DE IST ES UNGLAUBLICH STRESSIG.

WAS? SAG NICHT, WEIL...

DOCH.

IM KOLLEGIUM FEHLT ES EIN-FACH ALLEN AN RÜCKGRAT.

ER IST
EINER HEIRAT
NICHT MEHR
ABGENEIGT!

10-E

38

...

ICH WERD NICHT SCHLAU AUS IHM!

BITTE KOMMEN SIE REIN, FRAU SUZUKI!

KL'A KLANK

... HAT ER FÜR ABSICH-TEN?!

WAS IN ALLER WELT...

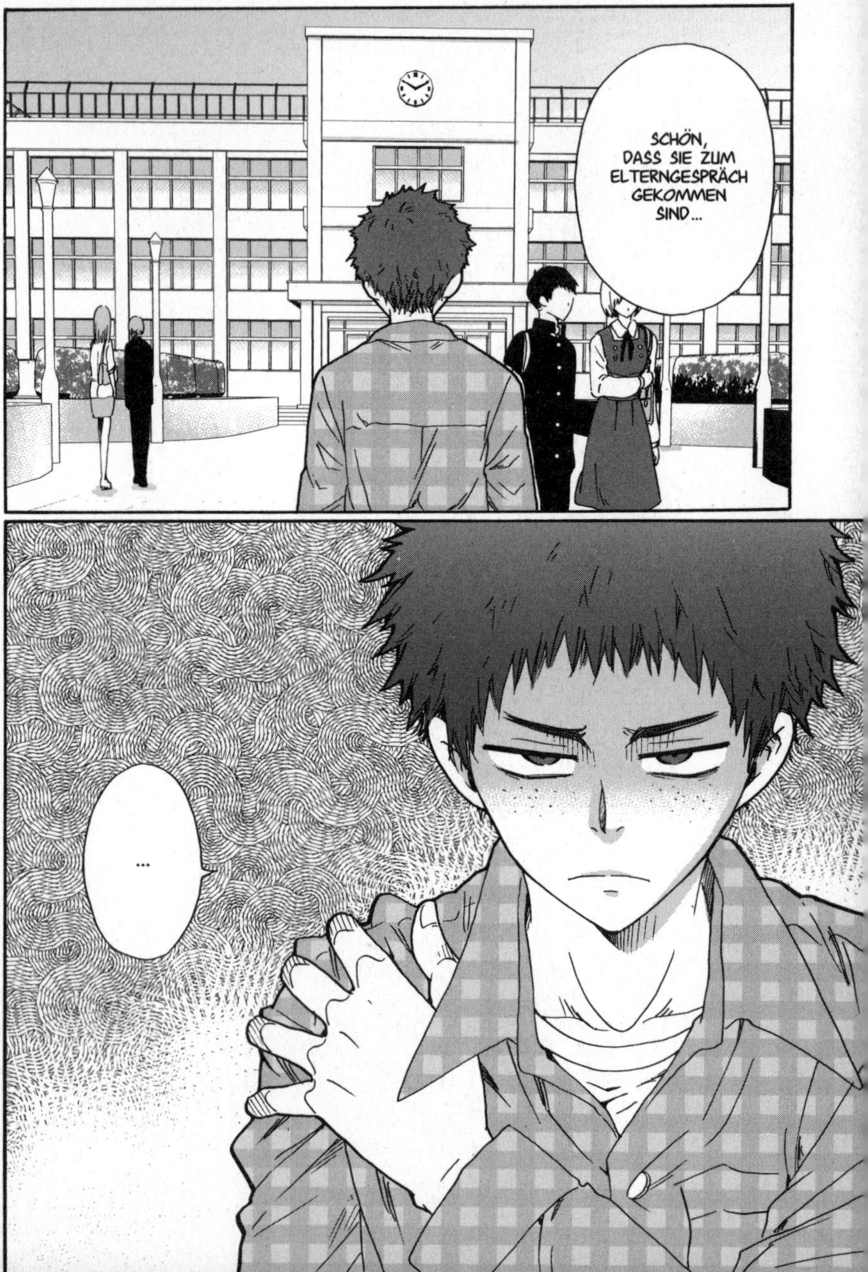
SCHÖN, DASS SIE ZUM ELTERNGESPRÄCH GEKOMMEN SIND...
...

REVENGE
BULLY

REVENGE
BULLY

WENN MEINE MUTTER NUR WÜSSTE...

WAS DIE WUNSCH-SCHULE IHRER TOCHTER AN-GEHT...

...

VON WEGEN!

IN WAHRHEIT WOLLTE ER MIR NUR DIESE VER-FOLGUNGS-APP UNTERJUBELN!

ICH HABE NICHT MAL EINEN BEWEIS, DASS ES WIRKLICH ER WAR...

SHIORI...

ABER WOZU WILL ER MICH ÜBERWACHEN?

ZUHAUSE STARRT SIE IN LETZTER ZEIT NUR NOCH LÖCHER IN DIE LUFT...

... UND IST WIE AUSGE-WECHSELT.

ICH BIN RAT-LOS.

Hach.

MACHT SIE SICH DENN WENIGSTENS IN DER SCHULE GUT?

SOWEIT ICH DAS BEUR-TEILEN KANN, SCHLÄGT SIE SICH GANZ GUT.

JA...

48

SIE IST IN DER PUBERTÄT, DA HAT MAN REICHLICH SORGEN.

VOR ALLEM, WAS DEN KONTAKT ZU DEN KLASSEN-KAMERADEN ANGEHT.

MEINE SCHULZEIT DAMALS WAR AUCH ALLES ANDERE ALS LEICHT!

HA HA! HA HA!

ICH SCHÄTZE, MIT IHREN SORGEN GEHT SIE IMMER ZU IHR...

ABER ZUM GLÜCK HAT SHIORI NOCH EINE ANDERE LEHRERIN, DER SIE SICH ANVER-TRAUT.

AUCH JETZT NOCH, WO DU GAR NICHT MEHR BASKETBALL SPIELST?

DU VERSTEHST DICH GUT MIT FRAU YAZAKI?

JA, SCHON...

MIT IHR KANN ICH ÜBER ALLES REDEN...

SIE IST EIN GUTER MENSCH UND WIRKLICH NETT.

HIER AN DER SCHULE VERTRAUE ICH IHR AM MEISTEN.

»GUTER MENSCH«, HA!

Hah!

MUM...?

Hah!

...

SEIT WIR SIE DAS ERSTE MAL GESEHEN HABEN, HAT SIE...

ES TUT MIR LEID...

SCHNAUB は一!

SCHNAUB は!

IST MIT FRAU YAZAKI IRGENDETWAS VORGEFALLEN?

MUM?! WARTE DOCH MAL!

PATAMM ガタッ

ENTSCHUL- DIGEN SIE MICH!

ICH MUSS WAS ERLEDI- GEN.

WIR HABEN NOCH ZEIT. WOLLEN WIR ZU ZWEIT WEITER- REDEN?

WAS WAR DAS DENN?

ICH GEHE!

SKRASCH

... UNSERE TOCHTER FÜR SICH ZU GEWINNEN!

HAT DIESE YAZAKI WIRKLICH VOR, UNSERE FAMI- LIE ZU ZERSTÖREN?! JETZT VERSUCHT SIE AUCH NOCH...

MUM, WARTE!

AH!

SIND SIE SHIORIS MUTTER?

LANGE NICHT GE-SEHEN.

OH!

ICH HABE GERADE AUCH MEIN LETZTES ELTERNGESPRÄCH BEENDET.

SIND SIE FERTIG MIT DEM ELTERNGE-SPRÄCH?

GEHT'S DIR GUT?

DRÜCK

NA, WAS DU MIR NEULICH ANVERTRAUT HAST...

DAS HAT MIR KEINE RUHE GELASSEN.

HÄ?

GEHST DU BITTE ALLEIN HEIM, SHIORI?

SKRASCH!!!

ALSO...

BLINZEL

DEINE MUM WILL NOCH ETWAS MIT FRAU YAZAKI BE-SPRECHEN.

...

WARTE MAL!

WAS IST NUR MIT MEINER MUM LOS?
TAPP
UND WAS WILL SIE VON FRAU YAZAKI?
TUT MIR SEHR LEID...
HERR AIZAWA HAT KEINEN TERMIN MEHR FREI.
HÄ?

... NEGISHI?!

IST DAS NICHT...

WILL ER ETWA ZU AIZAWA?

GRPP

NEULICH WIRKTE ER NOCH SO, ALS WOLLE ER SICH UM KEINEN PREIS AN FRÜHER ERINNERN...

WILL ER AIZAWA ETWA WAS ANTUN?!

WEIL ER IHN SO HASST...

ÄH...

KB! SWUUSCH

N...NE-GISHI!

HEY, BLEIB STEHEN!

...

BIEP
BIEP
BIEP
BIEP

AM VEREINBARTEN ORT IST SIE AUCH NICHT AUFGETAUCHT...

WAS ZUM GEIER DENKT DIE SICH?!

BIEP

SO EINE HOHLE NUSS!

WARUM GEHT DIE NICHT ANS TELEFON?!

FUCK...

DIE NERVT MICH SO, WAS VON...

BIN ZURÜCK!

HE! IST NIEMAND ZU HAUSE?

WARUM IST DAS LICHT AUS?

パチッ
KLACK

PENNT MEINE FRAU SCHON?

MANN, MANN...

SHIORI IST NOCH IN DER BÜFFELSCHULE...

...

MORGEN ABER!

GLUCK
GLUCK

IST IHR VIELLEICHT EIN DRINGENDES MEETING ODER SO DAZWISCHEN-GEKOMMEN?

MORGEN TREFFE ICH YAZAKI...

...UND STELLE SICHER, DASS SIE MEINE NACHRICHTEN LÖSCHT!

SIE HAT MICH NOCH NIE SO KURZFRISTIG VERSETZT...

65

H...HEY...

NEEEEEIN!

SAGEN SIE MIR, WIE ICH DIE BLU-TUNG...

...STOP-PEN KANN...

WIE LANGE DAUERT DAS DENN, VER-DAMMT!

SHIORI...

WARUM?! WARUM HAT SIE...?!

ギ ギ
DRÜCK

Hah!

Hah!

ICH HÄTTE SIE VORHIN...

... NICHT ALLEIN MIT FRAU YAZAKI LASSEN SOLLEN.

YAZAKI?

STIMMT, HEUTE WAR DAS ELTERN-GESPRÄCH!

WARUM TUT SIE SO WAS?

ABER DAS KONNTE ICH NICHT WISSEN...

MUM KONNTE MEINE LEHRERIN NOCH NIE LEIDEN...

DANN WÄRE ICH INDIREKT FÜR DAS HIER VERANT-WORTLICH...

DAD!

SIE MUSS MEINER FRAU ALLES ERZÄHLT HABEN!

DIESE SCHLAMPE!

KANNST DU DIR DAS ERKLÄREN?

SHIORI...

ICH HAB NICHT DEN LEISESTEN SCHIMMER!

NIEMAND WIRD ETWAS RAUSFINDEN!!

...DASS ZUMINDEST MEINE TOCHTER NIE DAVON ERFÄHRT!

ピーポー
ﾋﾟｰｳﾞ ﾎﾟｰ

ピーポー
ﾋﾟｰｳﾞ ﾎﾟｰ ...ICH WERDE ALLES DARAN-SETZEN...

SORRY...

DIE SIRENEN SIND SO LAUT.

ピーポー
ﾋﾟｰｳﾞ ﾎﾟｰ

ピーポー
ﾋﾟｰｳﾞ ﾎﾟｰ

74

REVENGE
BULLY

KAPITEL 13
»ICH BIN NICHT IM UNRECHT!«

DIE ÄRZTE HABEN GE-SAGT...

WAS IST DENN?

...

WENN DU NICHT GEWESEN WÄRST, WÄRE MUM...

... DASS DU MIT DEINER ERSTEN HILFE...

... SCHLIM-MERES VER-HINDERT HAST.

DRÜCK

IST
JA GUT,
SHIORI!

... DEIN DAD
WIRD UNSERE
FAMILIE IMMER
BESCHÜTZEN!

WAS
AUCH PAS-
SIERT...

MIR LÄUFT
DIE ZEIT
DAVON...

OKAY...

SKRIIIEK

ICH WERDE HEUTE NOCH ZU IHR FAHREN...

... UND DIE SACHE REGELN!

KLACK

NOCH BEVOR SIE IRGENDETWAS VER-RÜCKTES SAGT...

DING DONG

SUZUKI!

... MUSS ICH DIE BEWEISE VERNICHTEN!!

MIESE SCHLAMPE...

ICH WOLL-TE NUR ETWAS NACHHELFEN, WEIL DU DICH SO SCHLECHT VON IHR LÖSEN KANNST.

NICHT VIEL...

ALSO?

WAS HAT DEINE FRAU ZUR SCHEIDUNG GESAGT?

SIE HAT VERSUCHT, SICH UMZU-BRINGEN.

HAT SICH DIE PULSADERN AUFGE-SCHLITZT...

... UND IST NOCH IMMER IM KRAN-KENHAUS.

WENN RAUS-KOMMT, DASS SICH MEINE FRAU WEGEN UNSERER AFFÄRE UMBRIN-GEN WOLLTE...

NICHT AUSZUDEN-KEN, WIE SCHLIMM DAS FÜR SHIORI WÄRE!

MEINE TOCHTER IST AUCH VÖLLIG DURCH DEN WIND.

WAS...?

STIMMT...

... DASS SIE UNS BEIDE FÜR DEN REST IHRES LEBENS HASSEN WÜRDE.

MAL DAVON ABGESE- HEN...

WAS DIE NACHRICHTEN ANGEHT, DIE WIR AUSGETAUSCHT HABEN...

SO WEIT, SO GUT...

DAS WILL ICH UM JEDEN PREIS VERMEIDEN.

IST ZWAR NICHT SEHR WAHRSCHEIN- LICH, ABER...

... KÖNNTE MEINE TOCHTER SIE LESEN. MAN WEISS JA NIE, WAS FÜR SPIELCHEN DER ZUFALL SO SPIELT.

WENN DU DEIN HANDY MAL IN DER SCHULE VERGISST...

WÜRDEST DU DIE BITTE LÖ- SCHEN?

... IRGENDWANN WIRD SIE ES VERSTEHEN, MEINST DU NICHT AUCH?!

MEINT SIE DAS ERNST?

AUCH WENN UNS SIE ZUNÄCHST HASST...

LASS UNS NICHT ERST SO LANGE WARTEN!

WARUM REDEST DU NICHT GLEICH MIT IHR?

SHIORI SUZUKI

080-1234-56

SHIORI

GENAU! ZUSAM-MEN...

MEISTERN WIR BEIDE DOCH JEDE HÜRDE!

... WIRD SIE UNS BEIDE FRÜHER ODER SPÄTER AK-ZEPTIEREN.

WENN SIE MERKT, DASS ES UNS ERNST IST...

...

DU BIST MIR SO WAS VON ZUWIDER!

HAB KEINEN BOCK MEHR...

ICH BIN ES LEID!

...

WA...?

ICH WOLLTE NUR VÖGLEN, WENN MIR LANGWEILIG WAR.

SORRY, ABER ICH HABE NICHTS, REIN GAR NICHTS, IN UNSEREN NACH- RICHTEN ERNST GEMEINT!

LIEBES- SCHWÜRE, SAGST DU?

ICH HAB NIE ZUGELAS- SEN, DASS DU EIN FOTO VON UNS BEIDEN MACHST.

DAS MUSST DU DOCH GESCHNALLT HABEN?!

Meine Güte...

BIEP

BIEP

WARUM REDEST DU SOLCHEN UNSINN?

WARUM...?

ICH ENT-SCHULDIGE MICH, ABER BITTE HASS MICH NICHT!!

DANN LASS ICH ES EBEN BLEIBEN!

WEIL ICH MIT SHIORI REDEN WOLLTE?

WARUM SOLLTE ICH DICH HASSEN?

DU BIST DOCH BLOSS EINE FICKFREUNDIN. DU BIST MIR EINFACH VÖLLIG EGAL.

Komm bloss nicht mehr auf dumme Gedanken, okay?
ばっ
FWOMM
Ha-ha!
Du wirst ab jetzt nur als lästige Stalkerin dastehen!
Suzuki...
Hah!
Hah!
...
Herrlich, dieses Gefühl!
Erinnert mich an die guten alten Zeiten...
Und daran, wie viel Spass ich damals hatte...

SO VIELE UMSTÄNDE SIE MIR AUCH BEREITET HAT...

ICH HAU AB.

ガチャッ
KLACK

ES LIEF ZWAR NICHT ALLES NACH PLAN, ABER...

AH!

...DAS GERADE WAR WIRKLICH VERDAMMT BEFRIEDIGEND.

STIMMT, EINE SACHE MUSS NOCH ERLEDIGT WERDEN...

HALLO?

HIER SPRICHT DER VATER VON SHIORI SUZUKI AUS DER 10-E.

AH, TUT DAS GUT!

ブゥゥゥ...
VROOOM

DAS KOSTBARSTE ALSO, JA?

ALSO DANN... AUF WIEDER-HÖREN UND DANKE.

WÄRE JA AUCH SCHLIMM, WENN ES NICHT SO WÄRE.

JA, WIR UNS WIEDER!

SHIORI AUS DER 10-E?

HAST DU GEHÖRT?

ガラッ RATAMM

... DASS SIE IHRE MUTTER RAUSGE-TRAGEN HABEN.

DIE POLIZEI UND EIN KRANKEN-WAGEN BEI IHR ZU HAUSE.

ICH WEISS. JEMAND AUS DER NACH-BARSCHAFT MEINTE...

...

AM NÄCHS-TEN TAG

QUASSEL QUASSEL

10-E

...

TUSCHEL
ヒリ

TUSCHEL
ヒリ

GLAUBT IHR, DA IST WAS DRAN?

WIR KÖNNEN SIE JA SCHLECHT DANACH FRAGEN...

ばBA ん DAMM っ

ALLES IN ORDNUNG, SHIORI?!

WAS WAR DENN LOS?

BEI DIR ZU HAUSE SOLL SICH EINE TRAGÖDIE ABGESPIELT HABEN!

WIR HABEN UNS ALLE SORGEN UM DICH GE- MACHT!

SORRY...

DAS WAR TAKT- LOS.

... SIND WIR IMMER FÜR DICH DA.

ABER WENN DU REDEN MAGST...

RASCHEL

WARUM DREHST DU AUF EINMAL SO DURCH? DU BIST ECHT DAS LETZTE!

Hah! Hah!

UND WAS MEINST DU MIT »GRAU-SAM«?

WA...?

DEN ZETTEL MIT DER KRITZE-LEI...

STIMMT, GEWALT IST NIE EINE LÖSUNG.

DAS GERADE GING ZU WEIT, ODER?

Krtt

WAS? WOVON SPRICHST DU BLOSS?

... TOTAL ERLEICHTERT.

... WAR ICH EHRLICH GESAGT...

ENT- SCHULDIGE DICH!

ABER KANN MAN MIR DAS VERÜBELN?

SIE HAT EINFACH PECH GEHABT, UND DAS TUT MIR AUCH LEID...

... ABER ICH KANN SIE NICHT LÄNGER IN SCHUTZ NEHMEN.

ICH BIN KEIN SCHLECHTER MENSCH.

ICH HABE VERSUCHT, SHIORI ZU BESCHÜT- ZEN.

NA LOS!

ICH BIN NICHT IM UNRECHT!

DU BIST JETZT AUF DICH ALLEIN GESTELLT...

YUMI.

TAKA-HASHI.

REINA.

NAGUMO...

REVENGE
BULLY

REVENGE
BULLY

KAPITEL 14 »DER WERT DES LEBENS«

... STERBEN, ALS DICH ZU ENTSCHULDIGEN?

DU WÜRDEST LIEBER...

SHIORI.

WIE KANNST DU ES WAGEN?!

117

118

しーん…
STILLE

ICH WILL, DASS MIR DAS JEMAND ERKLÄRT!

WAS SOLL DAS?

YUMI...

SAGST DU UNS, WAS VORGEFAL-LEN IST?

SHIORI...

...

SHIORI HAT OHNE GRUND...

... NAGUMO EINE RUNTER-GEHAUEN!

AUS HEITEREM HIMMEL!

GENAU!

ICH KÜMMERE MICH UM DEN REST.

HERR KANEDA!

STIMMT DAS, SHIORI?

SKRASCH

ZURÜCK AUF EURE PLÄTZE!

...

MACHT DIR DAS SPASS?

WAS... HAT SIE GESAGT...?

WAS REDEST DU DA?!
VIEL ZU RISKANT!
WENN DAS AUF-FLIEGT, SIND WIR AUCH DRAN!
...
WENN WIR DOCH NUR NOCH DAS VIDEO AUS DEM KRANKEN-ZIMMER HÄTTEN...
Hach!
DAS VIDEO...
... MÜSSTE NOCH AUF DEM SERVER SEIN!

WEISST DU NOCH, WIE DU VOR DER KLASSENFAHRT GESAGT HAST...

... DASS DU KAUM MEHR PLATZ FÜR NEUE FOTOS UND VIDEOS HAST?

WEIL ICH IMMER SO VIELE SCHNAPPSCHÜSSE VON JEDEM QUATSCH MACHE.

JA, STIMMT!

GENAU.

IRGENDWAS MIT EINER CLOUD?

ICH HAB VON SO WAS KEINE AHNUNG.

DU HAST DANN IRGENDWAS AN DEN EINSTELLUNGEN GEÄNDERT, ODER?

...

ICH HAB'S DIR DAMALS DOCH ER- KLÄRT...

Nicht zuge- hört?

BACK-UP-EINSTELLUNGEN

AUTO-BACK-UPS

ON

DAMALS HAB ICH...

... AUTO- BACK-UPS BEI DIR EINGE- STELLT.

SPRACHEINSTELLUNGEN

EINSTELLUNGEN

NETZWERK

...

BIEP

BIEP

ÄH, MEIN PASS- WORT...

LOG DICH MAL EIN!

JA, SOLANGE DEIN ACCOUNT DER GLEICHE IST.

DANN IST ES NOCH DA, AUCH WENN ICH EIN NEUES HANDY HABE?!

TATSACHE!

ICH HATTE JA KEINE AHNUNG!

ES WAR DIE GANZE ZEIT HIER, IM BACK-UP!

GLAUBST DU DAS, NAGUMO?!

...

SAG DAS DOCH FRÜHER!

DU BIST MIR JA EINE FIESE TUSSI, YUMI!

BIS VOR KURZEM WAR SIE NOCH MEINE BESTE FREUNDIN.

ICH WEISS. ABER GUT, DASS DU SIE ABGESÄGT HAST.

NA JA, SIE...

AB JETZT SIND WIR DEINE BESTEN FREUNDINNEN!

Kicher!

OH, DAS HAB ICH DIR GESCHICKT, ODER?

DAS VIDEO, WO ICH SIE VON HINTEN TRETE, IST AUCH NOCH DA!

WOW, SEHT MAL!

SHIORI SELBST HAT MICH ZU ALLDEM GETRIEBEN.

ICH BIN KEIN SCHLECHTER MENSCH...

Vorbereitungsraum
Naturwissenschaften

WENN MAN DEN GERÜCHTEN GLAUBT...

... DANN HAT SIE...

GING ES EBEN UM DEINE MUTTER?

SIE HAT VERSUCHT, SICH UM—ZUBRINGEN.

UND DIESE BLÖDEN KÜHE...

ICH HAB KEINE AHNUNG, WARUM SIE MICH DERART HASSEN.

... HABEN SICH DARÜBER LUSTIG GE- MACHT...

ABER DAS GEHT EINFACH ZU WEIT...

DER GRUND SPIELT KEINE ROLLE!

DIE TÄTER SIND DIEJENIGEN, DIE MAN VERANTWORTLICH MACHEN MUSS.

SIE SELBST HABEN MICH DOCH...

DAMIT KOMMEN SIE MIR JETZT?

WAS...?

ICH SAGTE DOCH BEREITS...

131

... DASS AUCH ICH FRÜHER GEMOBBT WURDE.

IM HERBST DER 10. KLASSE HAB ICH MICH DANN GAR NICHT MEHR AUS MEINEM ZIMMER GETRAUT.

UND ZWAR SO SCHLIMM, DASS ICH AM GANZEN KÖRPER NARBEN DAVONGETRAGEN HABE.

DOCH IRGENDWAS IN MIR...

... WEHRTE SICH DAGEGEN.

DAMALS DACHTE ICH, DAS WÜRDE MICH RETTEN-

DAVONRENNEN WAR FÜR MICH DIE BESTE LÖSUNG.

WARUM MUSSTE ICH ALLES HINWER- FEN...

... UND NICHT DIE, DIE MICH GEMOBBT HABEN?!

... DER MICH DA- MALS AM SCHLIMMSTEN GEMOBBT HAT.

ICH TRAF NEULICH DEN TY- PEN...

... IMMER DEN KÜRZEREN ZIEHEN?

WARUM MÜS- SEN DIE OPFER...

20 JAHRE...?

... HABE ICH IHNEN NIE VERZIEHEN!

ICH FRAGE MICH IN LETZTER ZEIT ÖFTER...

...

UND WERDEN DIESE HASSGEFÜHLE IRGENDWANN VERSCHWIN- DEN?

AUCH WENN DAS MOBBING AUF- HÖRT... WERDE ICH JE WIEDER SO LACHEN KÖNNEN WIE DAVOR?

... WIE LANGE DAS ALLES ANHALTEN WIRD.

DU HASST DIE AN- DEREN?

UND DAS IST VORHIN ALLES IN MIR HOCHGEKOCHT...

TIEF IN MIR DRIN EMPFINDE ICH NICHTS ALS VERACHTUNG!

NATÜRLICH HASSE ICH SIE!

SO WIDERWÄRTIGE MENSCHEN WIE DIE...

... HABEN ES NICHT VERDIENT ZU LEBEN!

DU HAST RECHT.

ICH...

... MUSS BESTRAFT WERDEN!

WER ANDERE MOBBT...

SHIORI...

MIR WAR ES NIE VERGÖNNT, DIE ANDEREN ZU BESTRA- FEN...

... UND ES LÄSST MICH AUCH HEUTE, 20 JAHRE SPÄTER, IMMER NOCH NICHT LOS.

SKRASCH

KLACK

BRING
DU ES ZU
ENDE!

WAS...?

WENN DU DIE VOR-LEGST...

... KÖNNEN SIE SICH NICHT MEHR RAUSREDEN.

GRAB

DAS SIND BEWEISE, DASS DU GEMOBBT WIRST!

SOLLTE DIR DAS ABER NOCH NICHT REICHEN...

... GIBT ES NOCH EINEN ANDEREN WEG.

...

UND ZWAR...

ER WIRKTE FAST WAHN-SINNIG...

ICH WUSSTE NICHT, WAS IN AIZAWA VORGEHT...

... WIE SEHR SEIN HASS AUF MOBBER IHN VEREINNAHMT HAT...

AH...

MANAKA!

DIE ENTSCHEIDUNG LIEGT ALLEIN BEI DIR, SHIORI.

...

SKRÄTSCH

OKAY...

DER
ZWEIT-
ACCOUN
STEHT.

JETZT
MUSS ICH ES
MORGEN FRÜH
NUR NOCH
HOCHLADEN.

144

DAS WIRD SICH IM NU VERBREITEN.

EIN ANZÜGLICHES VIDEO VON EINER KLASSENKAMERADIN? DAS GIBT DOCH DIE PERFEKTE WICHSVOR- LAGE AB! DIE JUNGS WERDEN SICH DARUM REISSEN.

...DEINE VERZWEIFELTE VISAGE ZU SEHEN!

WIE ICH MICH DARAUF FREUE, AUS NÄCHSTER NÄHE...!

AH...

AHHH! ICH KANN MOR- GEN KAUM ABWARTEN!

VNNN

KREISCH

YUMI

HAST DU DAS VIDEO SCHON VERBREITET?

BIEP

ABER DANKE NOCH MAL!♥

21:33

NAGUMO

ICH BIN DIR ECHT DANKBAR, DASS DU DAS VIDEO AUS DEM KRANKENZIMMER GEFUNDEN HAST, YUMI!

21:33

NAGUMO

BIEP

MA–CHE ICH MORGEN FRÜH...

NEIN...

BIEP

BIEP

YUMI

KLAR! FREUT MICH, DASS ICH HELFEN KONNTE😑 UND DU BIST GANZ SICHER, DASS DAS NICHT AUFFLIEGEN WIRD, JA??

146

JA, KEINE SORGE! WIR ERSCHAFFEN MORGEN DIE ULTIMATIVE ERINNERUNG ☺

21:34

DU HAST RECHT! DAS WIRD GROSSARTIG...

21:35

YUMI

ICH FREU MICH TOTAL DRAUF! 😆

きゃはは、
AHA-HA-HA!

UND KNIE DICH HIN, WENN DU DICH ENT-SCHUL-DIGST!

148

REVENGE
BULLY

REVENGE
BULLY

ICH BIN NOCH DRAN.

VER-STEHE.

SELBST WENN ES DABEI UM MOBBING GING.

... DASS DAS AN DIE GROSSE GLO-CKE GEHÄNGT WIRD.

TUN SIE DAS BITTE DISKRET. ICH WILL NICHT...

GRINS

KAPITEL 15
»BESTRAFUNG«

YUMI!

GUTEN MORGEN!

WAS?

WAR ECHT SPASSIG GES-TERN ABEND, ODER?

MOR-GEN...

154

ICH KONNTE SPÜREN, WIE VIEL STRESS SICH BEI DIR ANGESTAUT HAT!

HA AHA HA HA!

OH JA! STIMMT.

NA, UNSER CHAT!

ICH WILL ENDLICH SEHEN, WIE SIE SICH WINDET!

POSTEST DU ES BALD MAL?

...

IN DER KLASSEN-LEHRER-STUNDE.

GRINS

JA-JA... ICH WEISS.

155

OH!
MORGEN,
SHIORI!

SORRY
WEGEN
GES-
TERN...

SCHEINT,
ALS HÄTTEN
WIR UNS
EIN WENIG
MISSVER-
STANDEN...

SCHON
GUT.

TUT
NICHTS
MEHR
ZUR
SACHE.

SKRASCH

は は は っ
HA HA HA!
...

ACH, WENN DIE WÜSSTE, WAS IHR BE-VORSTEHT!

VIELLEICHT IST SIE ENDLICH GEBROCHEN?

DIE NIMMT'S JA RECHT GELASSEN.

BALD STEHEN DIE ABSCHLUSS-PRÜFUNGEN AN.

BEI NEUN FÄCHERN IST DAS LERNPENSUM NATÜRLICH ENORM...

... ABER VERSUCHT, EUCH DURCH-ZUBEISSEN.

10-E

BEGINNEN WIR MIT DER KLAS-SENLEHRER-STUNDE.

DAS WERDET IHR JA DANN SEHEN.

DOMP!?

BITTE GEBEN SIE UNS IN BIO LEICHTE AUFGABEN!

DAS IST SO HART!

Puuuh!

PATT

IST DAS NICHT ZUM SCHREIEN, NAGUMO?

HA HA HA!

...

OCH MENNO!

DEIN FRIEDLICHER ALLTAG...

JA, TOTAL!

DIE HAT KEINE AHNUNG, WAS IHR BLÜHT!

... DER SICH NIE ZU ÄNDERN SCHIEN...

ICH WERDE IHN JETZT IN STÜCKE HAUEN!

ACH, SHIORI...

ABER JETZT IST SCHLUSS DAMIT!

SSST

OBWOHL DU GEHASST UND VON ALLEN AUSGEGRENZT WURDEST...

10-E Suzuki

... HAST DU DICH WACKER GESCHLAGEN!

MIT DER SPITZE EINE EINZIGEN FINGERS...

... WERDE ICH DEIN LEBEN ZERTRÜM— MERN!

FAHR ZUR HÖLL...

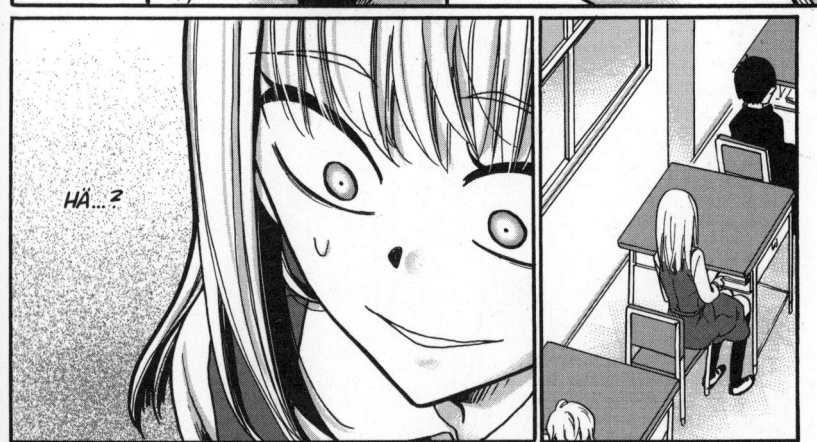

HÄ...?

WIESO...?

WIE OFT ICH ES AUCH VERSUCHE, ICH KRIEG MEIN HANDY NICHT ENTSPERRT...

CHES PASS

ONEUT

KANN DOCH NICHT SEIN...

HAB ICH MICH VERTIPPT?

NAGUMO...

164

ZEIT FÜR DIE KRITZEL-STUNDE!
KRITZEL DU HEUTE AUCH WAS AUF IHRE SACHEN, YUMI!
O... OKAY.
»DU BIST EKLIG«? WIE FIES, YUMI!
HA! HA! HA!

WIE RÄUDIG!

IHRE UNIFORM IST VOLLER DRECK!

TAT DAS GUUUT!

SIE HAT'S GEGESSEN!

DIE HAT'S ECHT GESCHLUCKT!

ぱくっ

HAPP

DIE FUTTERT GERADE CURRY MIT MÜLL DRIN.

BOAH, SO EKLIG!

CHECKT DIE DAS JETZT ERST?

WIE DOOF KANN MAN SEIN?

SWUSCH

SIE STEHT AUF!

WAS FÜR MÜLL HAST DU REINGE-TAN?

IRGH, SIE KOTZT!

HLPP

HLPP

HM... IRGEND-WAS STINKI-GES!

HA HA HA HA!

HAT SIE DAS GEPOSTET, WEIL SIE..

WAS SOLL DAS?

WAREN DAS DIE STIMMEN VON NAGU-MO & CO.?

DA LIEGT EIN MISSVER-STÄNDNIS VOR!

NEIN!

NAGUMO...

WER ZUR HÖLLE WAR DAS?!

KANNST DU DAS ER- KLÄREN?

... SHIORI WIRKLICH ANGETAN?

HABT IHR DAS...

WA...?

WARUM...?

SIE RENNT WEG!

SWUSCH

WÜRDE ICH AN IHRER STELLE AUCH TUN.

HEY! HIER-GEBLIEBEN!

SWUSCH

WARUM PASSIERT DAS GERADE?!

WARUM HAT SIE DAS SELBST GEPOSTET?

...

RAUN WA RAUN WA

MEINE GÜTE.

AUS VERSE-HEN?

WARTE DOCH, YUMI!

Hah! Hah!

Hah!

WAS SOLL DAS?!

Hah!

LÖSCH DAS SOFORT!!

...

BIST DU BLÖD?! WAS HAST DU DA BLOSS FÜR EINEN SCHEISS GEBAUT, HÄ?!

173

SCHEISSE!

MEIN HANDY WAR GESPERRT UND ICH KONNTE MEIN PASSWORT NICHT MEHR EINGEBEN!

ICH HAB NICHTS GETAN!

WAS?!

BIEP

BIEP

...

GIB MIR DEINS, ICH LÖSCH'S!

IHR MÜSST DAS ER-KLÄREN!!

WENN SICH DAS VERBREITET, SIND WIR GE-LIEFERT!

WAS JETZT?

ICH WOLLTE DAS ALLES NIE!!

DIE KLASSEN-
LEHRERSTUNDE
IST NOCH NICHT
VORBEI.

DAS
SIEHT
NICHT
GUT
AUS.

HERR
AIZAWA
...

BESTIMMT
HABEN VIELE
DAS VIDEO
SCHON GE-
SPEICHERT.

DAS
WIRD WOHL
ODER ÜBEL
DIE RUNDE
MACHEN.

WAS
SOLLEN
WIR JETZT
MACHEN?!

GUTE
FRAGE.

SWUSCH

SIE WAREN DOCH IMMER AUF UNSERER SEITE UND...

WIE BITTE?

ACH JA?

ABER DAS GESCHIEHT EUCH JA AUCH NUR RECHT.

177

ICH KANN MICH NICHT ERINNERN...

MIR REICHT'S...

FWPP

... DAS JEMALS GESAGT ZU HABEN.

HABEN SIE DAS ETWA AUF MEINEM ACCOUNT GE-POSTET?

UND WOHER SOLLTE ICH ÜBERHAUPT ZUGANG ZU DEINEM HANDY HABEN?

FÜR SO WAS FEHLT MIR DIE ZEIT.

HABEN SIE MEIN HANDY GE-SPERRT?

ICH BITTE DICH.

HACKT'S JETZT?!

... HABEN SIE MIR DOCH NEULICH SELBST GEGEBEN!!

DAS HANDY ...

HAST DU DAS VIDEO GESEHEN?

TOTAL.

HABEN DIE AUS DER 10-E NICHT MITBEKOMMEN, DASS SIE GE-MOBBT WIRD?

JA, WAR ECHT HEFTIG.

SHIORI...

ALSO DANN SIND DIE WIRKLICH BLIND!

MANAKA.

...

ICH HAB'S ÜBER NAGU-MOS ACCOUNT HOCHGELADEN.

NEIN.

MACHST DU WIT-ZE?

WAS?

ABER WENN DU DICH SO RÄCHST, WERDEN SIE FÜR IMMER...

WAS SIE DIR ANGETAN HABEN, IST WIRKLICH DER HORROR!

ICH WEISS.

...

UND WARST DU NICHT BEFREUNDET MIT YUMI?

WARUM?

NIEMAND WEISS BESSER ALS ICH, WAS DAS BEDEU-TET!!

H" SKRASCH "

HEY!

REVENGE
BULLY

Bully

DASS SIE EINE AFFÄRE MIT SHIORI SUZUKIS VATER HABEN!

WOLLEN SIE DAS?

WENN SIE NICHT AUFMACHEN, ERZÄHLE ICH ES ÜBERALL HERUM!

Vorschau

WAS MEINST DU, SUZUKI? WAS WIRD SIE WOHL DENKEN...

ICH FORDERE EINE OFFIZIELLE ERLÄRUNG...

DRÜ

CK

DU ARME...

Revenge

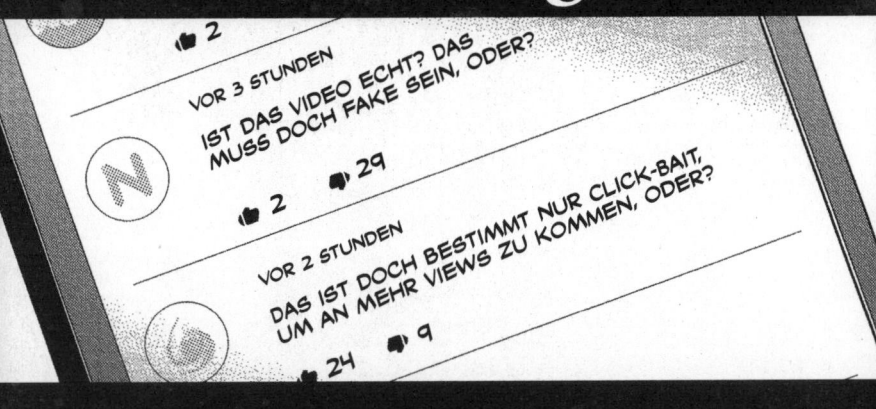

... WENN SIE DEN GRUND ERFÄHRT, WARUM DEINE TOCHTER GEMOBBT WIRD?

Hah!

Hah!

... IN DER SIE DIESEN VORGANG AUFKLÄREN! UND ZWAR UMGEHEND!

DER MÖRDER IN MIR...

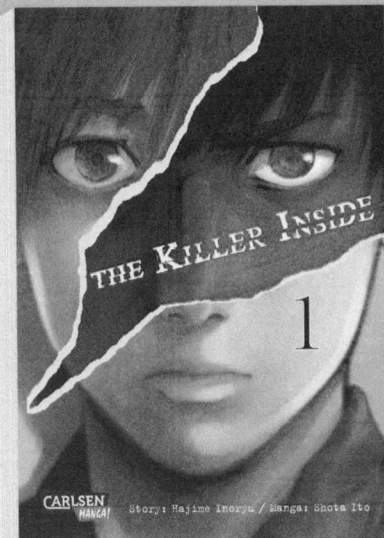

THE KILLER INSIDE

1

CARLSEN MANGA!

Story: Hajime Inoryu / Manga: Shota Ito

THE KILLER INSIDE

Story: Hajime Inoryu
Manga: Shota Ito

Dieser spannende und mitreißende Psychothriller mit Horrorelementen lässt einen an allem zweifeln – und an jedem!
Eiji Urashima ist Student und lebt nach dem Motto: »Wer das Leben genießt, gewinnt.« Allerdings ist er mit einem »harten Schicksal« geschlagen, von dem er keinem erzählen kann. Als er sich dieser Realität stellt, wird er in eine grauenhafte Tragödie hineingezogen.

Empfohlen ab **16**

Carlsen Verlag GmbH | Völckersstraße 14 - 20 | 22765 Hamburg

www.carlsenmanga.de

 carlsen_manga carlsenmanga

HALT!

REVENGE BULLY ist eine japanische Serie, die originalgetreu von »hinten« nach »vorne« und von rechts nach links gelesen wird! Schlagt das Taschenbuch also »hinten« auf und blättert Seite für Seite nach »vorne« weiter!
Auch die Bilder und Sprechblasen auf jeder Seite werden von rechts oben nach links unten gelesen, wie es in der Grafik gezeigt wird!

arlsen Manga! News – jeden Monat neu per E-Mail! ▪ www.carlsenmanga.de ▪ www.carlsen.de

RLSEN MANGA
utsche Ausgabe/German Edition ▪ © 2024 Carlsen Verlag GmbH, Völckers-
aße 14-20, 22765 Hamburg ▪ Aus dem Japanischen von Gandalf Bartholomäus
MERU AITSU GA WARUINOKA, IJIMERARETA BOKU GA WARUINOKA? Vol. 3
021 Chikara Kimizuka, YenHioka/SQUARE ENIX CO., LTD.
st published in Japan in 2021 by SQUARE ENIX CO., LTD.
rmantranslation rights arranged with SQUARE ENIX CO., LTD.
I CARLSEN Verlag GmbH through Tuttle-Mori Agency, Inc.
daktion: Anne Berling ▪ Textbearbeitung: Steffen Haubner
oduktionsmanagement: Björn Liebchen ▪ Alle deutschen Rechte
behalten ▪ ISBN: 978-3-551-79804-6

r behalten uns die Nutzung unserer Inhalte für Text und
ta Mining im Sinne von § 44b UrhG ausdrücklich vor.

Wir produzieren nachhaltig

- Klimaneutrales Produkt
- Papiere aus nachhaltigen und kontrollierten Quellen
- Hergestellt in Europa

FSC
www.fsc.org
MIX
Papier | Fördert gute Waldnutzung
FSC® C083411